あやめさんの
ひみつの野原

島村木綿子 作
かんべあやこ 絵

国土社

もくじ

1　猫《ねこ》のキジオ

〝ナアアーオ、ナアアーオ〟

猫《ねこ》の鳴《な》き声《ごえ》で、かりんは目をさましました。

「もう……、キジオったら……」

ねむい目をこすりながら、明《あ》かりをつけると、

クローゼットの前《まえ》で、キジオが鳴いていました。

キジオはオスのきじ猫です。

「こらっ、しずかにしてっ！」

いつもは、しかるとすぐに鳴きやむ

キジオですが、今夜《こんや》はちっとも

鳴きやみません。

「どうしたの……」

かりんがベッドからおりると、キジオは、クローゼットのとびらをカリカリとひっかきました。

〝ナァーン〟

かりんを見上げて、うったえかけるように鳴きます。

「この中が気になるの？　もう、しょうがないなあ……」

とびらをあけてやると、キジオはクローゼットの中にとびこんでいきました。

そして、なにかをくわえて、
ひきずりながら出てきました。
「あっそれ、あやめさんの……」
かりんのむねが、ぎゅっと
しめつけられました。
キジオがくわえていたのは
ざぶとんでした。
あやめさんが、だいじに
つかっていたものです。

あやめさんは、かりんのおばあさんの妹《いもうと》です。ひとりで、町《まち》はずれの小さな家《いえ》に住《す》んでいました。

かりんは、草花《くさばな》や動物《どうぶつ》が好《す》きな、あやめさんに会《あ》うのが楽《たの》しみで、しょっちゅうあそびに行っていました。

長《なが》い休みには、お泊《とま》りすることもありました。

あやめさんの家の庭《にわ》は小さいけれど、季節《きせつ》ごとの野《の》の花であふれていました。

スミレにハハコグサ、ヒメジョオン、ネジバナなど、たくさんの花の名まえも教《おし》えてもらいました。

「この庭は、わたしのひみつの野原《のはら》なのよ」

キジオの背《せ》をなでながら、あやめさんは、よくそういっていました。

かりんとあやめさんは、年のはなれた親友《しんゆう》のようでした。

去年《きょねん》のクリスマスのころです。

あやめさんは、病気《びょうき》で入院《にゅういん》することになりました。

かりんはあやめさんにたのまれて、キジオを、あずかることにしました。でも、あやめさんが、キジオをむかえにくることはありませんでした。

年が明《あ》けた春《はる》に、あやめさんは亡《な》くなってしまいました。

かりんが、三年生になったばかりのころでした。

キジオがくわえてきたざぶとんには、カバーがかけてあります。

あやめさんが、庭《にわ》の木や花の色《いろ》で染《そ》めた、色とりどりの布《ぬの》ぎれで作《つく》った、パッチワークのカバーです。

あやめさんは、入院したときも持《も》っていったほど、このざぶとんをたいせつにしていました。

でも、かりんは、見ると悲《かな》しくなるので、
クローゼットにしまいこんでいたのです。

「ごめんね。キジオも、あやめさんが
恋《こい》しかったんだね……」

キジオは、つぶやいたかりんの前《まえ》に
ざぶとんをおくと、その上にちょこんと
おすわりをしました。

そして、ふんっと、鼻息《はないき》をひとつはいて、
「ああ、やっとこさ、ざぶとんを出せたよ。
よかった！」

なんと、しゃべったではありませんか！

「ひえっ！」

かりんはびっくりして、しりもちをついてしまいました。

「い……いま、しゃべったの、キ、ジオ？」

「うん、そうだよ」

キジオはとくいげに、あごをツンとそらしました。

「これにすわれば、どんな生《い》き物《もの》のことばもしゃべれるんだ。だから、はやく出してほしかったんだけど、なかなか出してくれないからさあ。どうしようかと思《おも》ったよ」

キビキビと動《うご》くキジオの口を、かりんは、ぽかんと見つめるばかりです。

キジオはじれったそうに、かりんのひざを前足《まえあし》でたたきました。

「ぼーっとしていないで、かりんもこの上にすわって！」

「えっ、すわるって？」

「ぼくをひざにのせて、いっしょにすわるんだよ。さ、はやく」

「う、うん」

かりんはわけもわからないまま、ざぶとんにすわりました。

ひざの上に、キジオがのります。

「じゃあ、ちょっとだけ目をつぶってて」

「……うん」

かりんが目をとじると、キジオがムニャムニャムニャと、なにかをとなえはじめました。

そのとたん、かりんのおしりの下が、むずむずしてきました。

「な、なに？」

あわててあけようとした目を、キジオが前足《まえあし》で、ぴたんと、おさえました。

「だめだめっ、もうちょっとだけ待《ま》ってて」

おしりの下は、まだむずむずしています。

ぷくぷくしたキジオの肉球《にくきゅう》で、おさえられたまぶたも、くすぐったくてたまりません。

がまんできなくなったかりんが、

キジオの前足を、

はらいのけようとしたときでした。

「さあ、ついたよ」

キジオが前足をはずしました。

「えっ……、ここは？」

目をあけたかりんは、息《いき》をのみました。

いつのまにか、ひろびろとした野原《のはら》にすわっていました。

大きな満月《まんげつ》が、真上《まうえ》から野原をてらしています。

しいていたはずのざぶとんは、すがたをけして、ふかふかした草の上にすわっていました。

ほおを、あまいかおりの、ひんやりとした風《かぜ》がなでていきます。

かりんはキジオをだいたまま、おそるおそる立ち上がると、あたりを見まわしました。

野原のあちらこちらに、ぽおっと、明《あ》かりがともっています。

「あっ、これ、あやめさんの庭《にわ》のランプに似《に》ている！」

かりんのひざ上くらいの高《たか》さの、小さなランプです。これとそっくりの物《もの》が、あやめさんの庭にも、いくつも立っていました。

「このランプはね、昼《ひる》のあいだに太陽《たいよう》の光《ひかり》をあつめて、電気《でんき》を作《つく》って、

くらくなると、しぜんと明《あ》かりがともるようになっているのよ」

あやめさんが教《おし》えてくれました。

「どうして、おなじランプがあるの？」

つぶやいたかりんのうでから、キジオが、ひらりととびおりました。

「だってここは、あやめさんの庭《にわ》、ううん、野原《のはら》だからね」

「あやめさんの？」

「そう、ひみつの野原、なんだよ」

キジオがピンとしっぽを立てて、とくいげにこたえました。

2 銀色《ぎんいろ》のキイチゴ

かりんはランプのそばに、しゃがみました。

ランプの光《ひかり》に、ほのかにてらされた地面《じめん》には、
赤紫色《あかむらさきいろ》の、小さな花が咲《さ》いていました。

「ああこれ、ニワゼキショウだ！」

あやめさんが大好《だいす》きな花でした。

「小さい花だけれど、アヤメのなかまなのよ」

あやめさんの声《こえ》が、きこえた気がして、
むねのおくが、ポッと、あたたかくなりました。

あたりには、スミレやタンポポ、ハルジオンの花も咲いていました。

こんもりとした黒《くろ》いしげみは、キイチゴの木のようです。

「あっ、そうだ！」

かりんは足もとの草をかきわけました。

「あのざぶとんはどこ？」

「いまは野原《のはら》の一部《いちぶ》になっているよ」

「野原の一部？」

「そ、あのざぶとんは、このひみつの野原につながる入り口、みたいなものかな」

「へえー、そんなにすごいざぶとんなんだ！」

「ううん。それはカバーの力なんだよ。あのパッチワークの布《ぬの》は、あやめさんが、じぶんの庭《にわ》で育《そだ》てた花や木をつかって、染《そ》めたものだろう？　だから、植物《しょくぶつ》の力が、たくさんこ

もっているんだよ。……もちろん、それだけじゃ、ないけどね」

キジオの目がキラリと光《ひか》りました。

「それはね……」

キジオがいいかけて、耳をピクリと動《うご》かしました。

「あれ？　だれかきたみたいだぞ」

キイチゴの根《ね》もとのくらがりから、小さくてすばしっこいものが、チョロチョロとかけ出してきました。

「なんだろう？」

かりんは目をこらしました。

その小さなものは、草のあいだを、見えかくれしながら近《ちか》づいてくると、かりんの前《まえ》に、すがたをあらわしました。

「わあー、ノネズミだ。かわいい！」

手のひらにのりそうな、茶色《ちゃいろ》のノネズミでした。

しゃがみこんだかりんを、こわがりもせずに見上げています。

「よっ、チッチ、ひさしぶり！」

声《こえ》をかけたのは、キジオでした。

「キジオ、この子と知《し》り合《あ》いなの？」

「もちろん！」

ノネズミが、かん高《だか》い声でこたえました。

「わわっ、しゃべった！」

おどろくかりんに、キジオがいいました。

「ひみつの野原《のはら》では、どんな生《い》き物《もの》とも話《はな》せるんだよ。もちろん、あのカバーの力さ」

「そうなの……」

かりんはチッチに話《はな》しかけました。

「はじめまして。かりんだよ。よろしくね」

「ちってる！」

しっぽをピンと立てて、チッチがこたえました。

「えーっ、わたしのこと、知《し》ってるの？」

「ん。あやめちゃんから、きいたから」

「あやめちゃんって、あやめさんのこと？」

「ん。だってあたち、あやめちゃんのとも、だから」

「とも？」

「あやめさんのともだちってこと」

よこからキジオが、口をはさみました。

「チッチは、あやめさんといっしょに、くらしていたんだよ」

「あやめさん、ノネズミをかっていたの？」

「チッチは、あやめさんちの屋根裏《やねうら》に、すんでいたんだよ。だいぶ前《まえ》のことらしいけどね」

「へえ、それ……」

たずねようとしたかりんの足を、チッチがつつきました。

「なあに？」

「はやく！　月がちずむ前に、見ちけて！」

「えっ、見つけるって、なにを？」

すると、チッチはかりんの肩《かた》までかけ上がって、耳もとでいいました。

「キイチゴ！　銀《ぎん》の、キ、イ、チ、ゴ！」

野原《のはら》にきたときは、真上《まうえ》にあった満月《まんげつ》が、いまは、だいぶ低《ひく》いところにありました。

「ねえ、ほんとに、銀色《ぎんいろ》のキイチゴはあるの？」

かりんはチッチにたずねました。

あやめさんは、チッチにいったそうです。

「かりんがこの野原にきたら、いっしょに、銀色のキイチゴをさがしてね。月の光《ひかり》の下なら、かならず見つけられるから。わたしからのプレゼントよ」

「だから、あるの！」

チッチはきっぱりいうと、キイチゴの枝《えだ》にとびつきました。

「わかった。ぜったい見つけるからね！」

かりんもうなずきました。

野原には、キイチゴの木が、いくつもはえていました。

でも、月明《つきあ》かりでは、キイチゴの赤い実《み》は、黒《くろ》くくすんで見えます。

その中から、銀色の実を見つけるのです。

そのうえ、黒っぽい雲《くも》のかたまりが、月に近《ちか》づいてきていました。

「あれが月にかかっちゃうと、まずいね」

キジオが鼻《はな》にしわをよせました。

「うん、いそごう！」

雲は、みるみる月をおおっていきます。

月明かりがさえぎられて、あたりは深《ふか》いやみにつつまれました。

ランプのかすかな光が、ポツ、ポツと光《ひか》っているだけです。

「これじゃあ、むり。もうさがせないよ……」

かりんはひざをかかえて、その場《ば》にすわりこんでしまいました。

「かりん、すぐにあきらめちゃだめだよ」

「だってわたし、猫《ねこ》じゃないもの。こんなにくらいと、なんにも見えないっ！」

かりんがおこったようにこたえたので、キジオもだまりこんでしまいました。しずまりかえると、やみが、いっそうおもく、のしかかってくるようです。

かりんが、かかえたひざに、顔《かお》を強《つよ》くおしつけたしゅんかんでした。

〝キュルルル〟

とつぜん、お腹《なか》が大きく鳴《な》りました。

「ぷぷっ」

キジオが吹《ふ》き出したので、かりんも思《おも》わずわらってしまいました。

「だってー、お腹へったんだもん」

「だったらキイチゴを食《た》べれば？」

「えっ、食べられるの？」

「ああ。ここのは、すごくおいしいよ」

かりんはランプのそばの実《み》をひとつ、つまんで口に入れました。

「うーん、おいしい！」

そのときです。野原《のはら》の草をゆらして、風《かぜ》が吹《ふ》きぬけていきました。

その風が、雲《くも》にすきまを、つくってくれたのでしょうか？

月の光《ひかり》が、そこだけライトをあてたみたいに、すぐそばのキイチゴの木をてらしました。

「あっ、なにか光《ひか》ってる！」

月の光にてらされたしげみの中に、にぶいかがやきをはなつ、丸《まる》いつぶがあったのです。

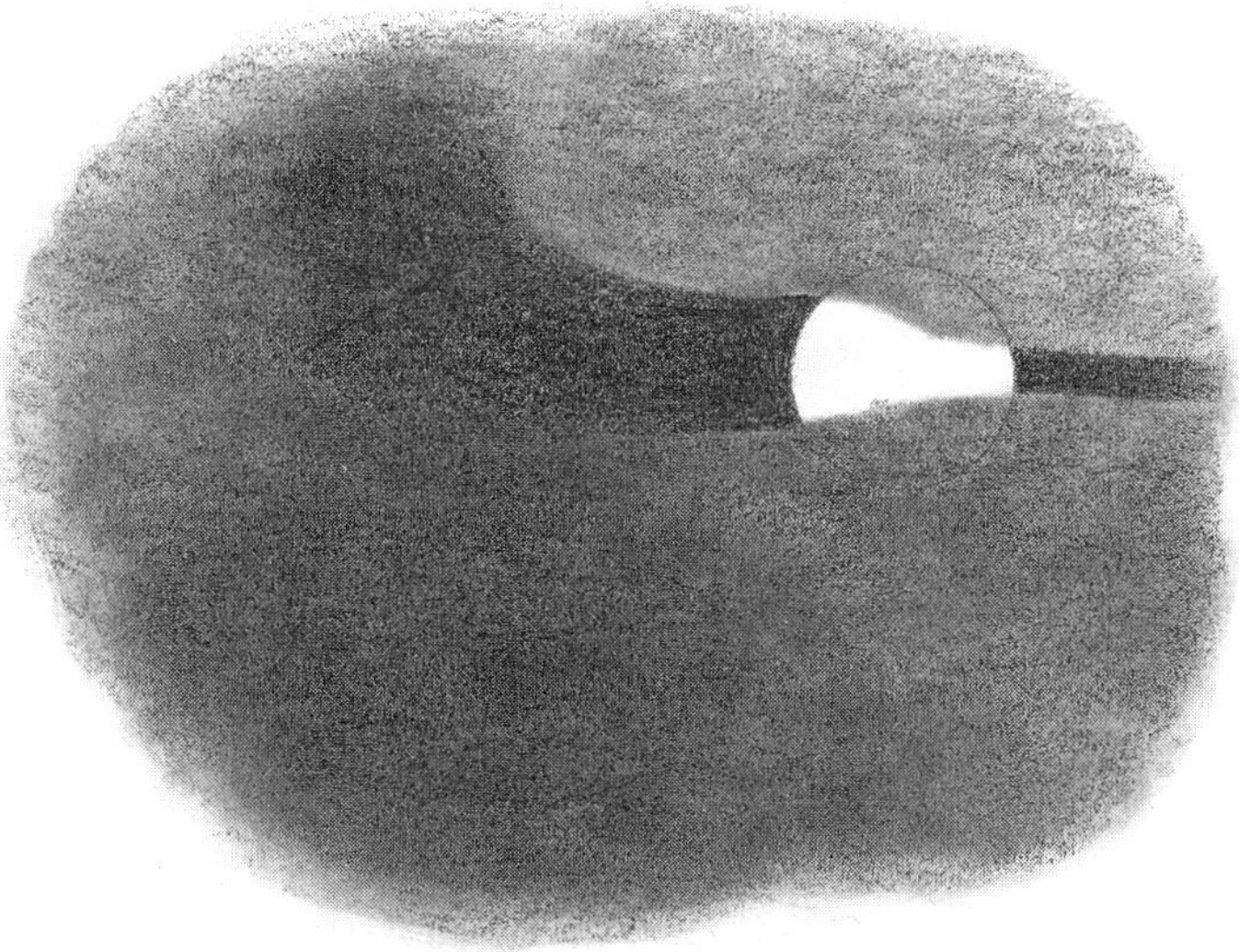

かりんはかけよると、そっと手にとりました。

「わあ、見て！　きれいー」

たしかに、銀色《ぎんいろ》に光《ひか》るキイチゴでした。

「よかった！　見ちけた、見ちけた！」

かりんのうでに、かけのぼってきた
チッチが、ピンピン飛《と》びはねました。

「銀のキイチゴは、月の光《ひかり》がいっぱい、
いっぱい。月の力がはいってる！」

「えっ、月の力？」

「ん」

チッチは、こくりとうなずきました。

雲《くも》が晴《は》れ、満月《まんげつ》がまた、丸《まる》い顔《かお》を出しました。

キジオをひざにのせて、かりんは野原《のはら》にすわっていました。

手には銀色のキイチゴを、しっかりとにぎりしめています。

「じゃね。バイバイ」

チッチは銀色のキイチゴを、かりんにたくすと、草むらにきえてしまいました。

「さ、ぼくらも部屋《へや》にもどろう。かりん、目をとじて」

キジオがいいました。

「うん」

かりんのひざの上で、キジオがまた、ムニャムニャと、なにかつぶやきます。

とたんに、おしりの下がむずむずして、草のかおりがうすくなっていきました。

「もういいよ」

キジオの声《こえ》に目をあけると、そこはもう、かりんの部屋《へや》でした。

おしりの下には、あのざぶとんがあります。

かりんは夢《ゆめ》からさめたような顔《かお》で、しばらくざぶとんにすわっていました。

ずいぶん長《なが》く野原《のはら》にいたはずなのに、時計《とけい》の針《はり》は、まだ真夜中《まよなか》の時間《じかん》をさしていました。

どうやらあの野原では、ここはちがう時間が流《なが》れているようです。

「あーっ、キイチゴがない！」

にぎりしめていた手をひらいたかりんは、あわてて立ち上がりました。銀色《ぎんいろ》のキイチゴが、きえてしまっていたのです。

「やっと見つけたのに……。どうして？」

でもキジオは、おちつきはらっていいました。

「野原のものは、こっちには持《も》ってこられないんだよ。でもほら、明《あ》かりをけして、手を見てごらんよ」

かりんは部屋の明かりをけしてみました。

「わあ、光《ひか》ってる！」

キイチゴの実《み》をにぎっていた右の手のひらが、ほんのりと白く光っていました。まるで、月の光《ひかり》があたっているようです。

「ひみつの野原に行ったのは、やっぱり夢じゃなかったんだね……」

つぶやいたかりんに、

「あったりまえじゃないか」

キジオがあきれたように、肩《かた》をすくめました。

3 ひみつのじゅ文《もん》

野原《のはら》に行ってから、ひと月近《ちか》くがすぎた、夜《よる》のことです。

くらい部屋《へや》の中でかりんは、声《こえ》をあげそうになりました。

右の手のひらが、ぽおっとほの白く、かがやいていました。

「キジオ、おきて！　また、手が光《ひか》ってるの！

ずっときえていたのに」

ざぶとんにねていたキジオは、おき

上がると、かりんの手をじっと見ました

「うんうん、あしたは満月《まんげつ》だからね。

ふーん、そうか。これは、野原においでって

いうあいずだね」

ひとりごとをいいながら、しきりにうなずいています。

「えっ、なに、あいずって」

不安《ふあん》そうなかりんに、キジオがいいました。

「あやめさんは、かりんに、ひみつの野原とつながってほしくて、あのキイチゴを、プレゼントしたんだよ。月の力を持《も》つ銀色《ぎんいろ》のキイチゴをさ。だって、野原に行けるのは、満月のあたりだけだからね」

「そう……なの？」

かりんはほんのりと光る、じぶんの手のひらを、ふしぎそうに見つめました。

「ここに、月の力が……」

手は熱《あつ》くも冷《つめ》たくもありません。ほんのりと光っているだけです。

キジオは、うしろ足で耳のよこをかくと、明《あか》るい声《こえ》でいいました。

「だから、その手が光《ひか》ったら、野原《のはら》がよんでいるんだって、思《おも》えばいいんだよ。ということで！　いまから野原に行くよ！」

「えっ、いまから？」

「さあ、はやく、ざぶとんにすわって！　ひみつのじゅ文《もん》も教《おし》えるからさ」

かりんは目を見はりました。

「あ、もしかして、このまえ野原に行くときに、キジオがつぶやいていた、あれのこと？」

「ひみつの野原に行くには、きまったじゅ文がひつようなんだ。ぼくも、あやめさんに教えてもらったんだよ。かりんもしっかりおぼえて！」

「うん！　わあ、たのしみ！」

かりんはざぶとんにすわって、キジオをひざにのせました。

「いいかい。じゃあ、じゅ文をいうからね。よーくきいてて」

キジオはひげを広《ひろ》げると、ゆっくりと、じゅ文をいいはじめました。

のはら　ののはな　ののはっぱ
のはら　ののかぜ　ののかおり
のはら　ひろがれ　そらのした

いいおわると、前足《まえあし》でポンッ、とかりんのひざをたたきました。

「さ、かりんもいっしょに」

かりんはひとことずつ、ゆっくりと、じゅ文をとなえはじめました。

のはら　ののはな……

「のはら　ののはな　ののはっぱ？
のはら　のの……、あれ？　なんだっけ？」
「ののかぜ、ののかおり、それから、のはら、ひろがれ、そらのした
だよ。さあ、さいしょから、もう一回《かい》いってみて」
「うん」
かりんはしんこきゅうすると、となえはじめました。
「のはら　ののはな　ののはっぱ
のはら　ののかぜ　ののかおり
のはら、えっと……あっ、のはら　ひろがれ　そらのした！　で
しょ？　やった、いえたあ！」
手をたたいてよろこぶかりんを見て、キジオはため息《いき》をつきました。

「だめだめ、とちゅうでひっかからないようにしないと。ゆっくりで
いいからね。ぼくといっしょに、目をとじて、野原《のはら》のことを、
強《つよ》く心《こころ》に思《おも》いうかべながら、だよ」
「わかった。いいよ」
「じゃあ、せーの！」
かりんは目をとじると、キジオと
声《こえ》を合《あ》わせて、となえはじめました。

のはら　ののはな　ののはっぱ
のはら　ののかぜ　ののかおり
のはら　ひろがれ　そらのした

まだ、ざぶとんは動《うご》きません。

「もう一回《かい》！」

ののはら　ののはな　ののはっぱ
ののはら　ののかぜ　ののかおり
ののはら　ひろがれ　そらのした

となえながら、かりんは心《こころ》の中で、いっしょうけんめいに、野原を思いうかべました。
月明《つきあ》かりの下に咲《さ》いていた、ニワゼキショウやハルジオンの花。
やっと見つけた銀色《ぎんいろ》のキイチゴ。あまいかおりの風《かぜ》。
そして、つぶらなひとみの、ノネズミのチッチ……。

ののはら　ののはな　ののはっぱ

のはら　ののかぜ　ののかおり
のはら　ひろがれ　そらのした
のはら　ののはな　ののはっぱ
のはら　ののかぜ　のの……

ふいに、おしりの下がむずむずしてきたかと思《おも》うと、ふわっと、やわらかな風《かぜ》が、ほおをなでました。

「ああ、こられたよ！」

キジオの声《こえ》に、かりんは目をあけました。

「わあ」

あたりには、このまえとは、まったくちがうけしきが広《ひろ》がっていました。

4 ドクダミ野原《のはら》のぬしどん

雲《くも》ひとつない青空に、白い昼《ひる》の満月《まんげつ》が、ぽかん、とうかんでいます。

野原一面《いちめん》に星《ほし》をちらしたように、小さな白い花が咲《さ》いていました。

トランプのスペードに似《に》た形《かたち》の葉《は》っぱも、風《かぜ》にゆれています。

「これ、ドクダミの花だね。きれいー」

かりんは声をあげました。

すこしはなれた場所《ばしょ》には、こんもりと葉をしげらせた、おとなの背《せ》たけほどの木が、一本だけありました。

キジオはかりんのひざからとびおりると、キョロキョロとあたりを見まわしました。

「あっ、かりん、ほら、この音、きこえる？」

「えっ、音？」

かりんは、耳をすませてみました。すると、

〝ジャキシャキ、シャキシャキ、シャキッ〟

たしかに、かすかな音がしています。

「ほんとだ、なんかきこえる！」

「ふんふん、においもする。こっちだ」

鼻《はな》を、ひくひくさせてあるきだしたキジオの
うしろを、かりんも、あわててついて行きました。

〝ジャキシャキシャキ、シャキシャキ〟

音が近《ちか》づくにつれて、ドクダミの、
つんとするかおりも強《つよ》くなっていきます。

やがて、一本だけはえた木のそばで、キジオが足を止《と》めました。

トゲトゲの葉《は》っぱがとくちょうの、ヒイラギモクセイでした。

〝シャキシャキ、シャキシャキシャキシャキ〟

木のうしろにまわりこんだかりんは、目を丸《まる》くしました。

大きなヒキガエルが一匹《ぴき》、きようにハサミをつかって、ドクダミの葉を刈《か》っていたのです！

ヒキガエルは作業《さぎょう》に夢中《むちゅう》で、かりんたちに、気づいてもいません。

「ぬしどん、こんにちは！」

キジオが、ヒキガエルの肩《かた》をたたきました。

「おお、これはこれは！」

顔《かお》を上げたヒキガエルは、かりんを見て、のどをふるわせました。

「ケクッ、あんたが、かりんさん、ですかの？」

「あ、は、はいっ」

おどろくかりんに、キジオが教《おし》えました。

「ぬしどんは、長《なが》いこと、あやめさんの庭《にわ》にすんでいたんだよ。だから庭の主《ぬし》、で、『ぬしどん』って、よんでいるんだ」

「あやめさんの庭に？」

「ケククッ、わがはいは、ドクダミの葉《は》かげの、しっとりした場所《ばしょ》が好《す》きでしての。だからこうしていまは、このドクダミ野原《のはら》の、おせわをさせてもらっとるわけですわ。よろしくおねがいしますの」

ていねいにおじぎをされて、かりんもあわてて頭《あたま》を下げました。

「ところで、」

ぬしどんが、かりんを見上げました。

「かりんさんに、ひとつ、お手伝《てつだ》いをたのみたいのですが、よろしいかの?」

「あっ、はい!」

「では、わがはいが刈《か》り取《と》ったドクダミを、この木に、どんどん、ぶら下げてくれますかの」

「これ、ヒイラギモクセイでしょ?」

「ほい。よく知《し》ってますの。

この葉《は》っぱのトゲトゲが、ひっかけるのに、ちょうどよいのですよ」

「うん。まかせて！」

むねをたたいたかりんを見て、

「ほっ、たのもしいですの。クォッ、クォッ」

ぬしどんは、うれしそうにわらいました。


「うわあ、もうなんの木だか、わからないね」

ドクダミでおおわれた、ヒイラギモクセイを見て、キジオが鼻《はな》をふくらませました。

「ケククッ、かりんさんのおかげで、テキパキと、作業《さぎょう》をすることができました。ありがとうございます。つかれませんでしたかの？」

「ううん、ちっとも。楽《たの》しかった！」

かりんは、えがおでくびをふりました。

「このドクダミ、どうするの？」

「これでお茶《ちゃ》を作《つく》りますぞ。毎年《まいとし》、ここのドクダミを刈《か》って、お茶にするのが、わがはいの仕事《しごと》ですからの」

「ぬしどんが作るお茶は、あやめさんの、大のお気に入りだったよね。ぬしどんのドクダミ茶を飲《の》むと、元気《げんき》になるっていってた！」

キジオが声《こえ》をはずませました。

「あやめさんが？　わたしも飲みたい！」

「ほい、もっちろん、飲めますともよ」

ぬしどんはむねをはると、ヒイラギモクセイの前《まえ》に、ゆるゆるとあゆみ出ました。

「では、これから、最後《さいご》のひと仕事をしますでの。まあ、見ていてくだされ」

そして、空に顔《かお》をむけると、あたりにひびきわたる声を、はり上げました。

「風《かぜ》よー、風よー。このヒキガエルのじいに、力をかしておくれー！」

ぬしどんがさけびおわるとどうじに、

〝ビュウウウウウウ！〟

とつぜん、強《つよ》い風がうしろから吹《ふ》いてきて、かりんは、その場《ば》に、しゃがみこみました。

「ひゃあ！　なに、この風！」

風が音をたてて、耳もとを吹きすぎていきます。

足をふんばっても、前につんのめりそうです。

低《ひく》くからだをふせたキジオの毛《け》も、風にさか立っています。

ヒイラギモクセイを見たかりんは、息《いき》を飲《の》みました。

ちぎれた葉《は》っぱや花が風《かぜ》にのり、野原《のはら》から吹《ふ》きあがった紙《かみ》ふぶきのように、ヒイラギモクセイの木を目ざしていっせいに飛《と》んでいきます。

「なにがおこるの？」

かりんは、すっかり目をうばわれていました。

ぬしどんがまた、声をはりあげました。

「風よー、風よー、さあ、うずを巻《ま》けー！」

すると、その声《こえ》にこたえるように、あつまった葉っぱや花びらが、ヒイラギモクセイをとりかこんで、ぐるぐるまわりはじめたではありませんか！

〝ビュウウウ、ビュウウウ、ザザザザーッ〟

それはまるで、小さな竜巻《たつまき》でした。

いまや風《かぜ》は、ヒイラギモクセイのまわりにだけ吹《ふ》いていました。

野原《のはら》じゅうの風が、そこにあつまったみたいです。

おどろくかりんをよそに、キジオが楽《たの》しそうに、ぬしどんにいいました。

「うん、なかなか、いい感《かん》じだね」

「ほい、これならよいお茶《ちゃ》ができそうですの」

ぬしどんも、まんぞくげに目をほそめました。

〝ピュウウウウ、ピュルルー、サササーッ〟

すこしずつ、風の音がやさしくなっていきます。

きつく巻《ま》いていたうずがほぐれて、巻き上げられていた葉《は》っぱや花が、パラパラ落《お》ちていきました。

〝ヒュルルル、シュウ〟

ため息《いき》のような音をさいごに、竜巻《たつまき》は、すっかりきえてなくなりました。

「わっ、からからになってるよ！」

ヒイラギモクセイにかけよったかりんは、ドクダミの葉をさわって、声《こえ》をあげました。

「クォッ、それこそ、のぞむところですわい。さてさて、お茶の時間《じかん》といたしますかの」

足もとから、ぬしどんの声がしました。

いつのまに出してきたのか、地面《じめん》に、小《こ》ぶりなお茶のセットと、まほうびんもならんでいます。

「かりんさん、ひとたば、とってくだされ」

「はい、どうぞ」

手わたされたドクダミを、ぬしどんはパラパラッとほぐすと、ティーポットに入れました。

そして、まほうびんからお湯《ゆ》をそそぎました。

風《かぜ》が、おだやかに野原《のはら》を吹《ふ》いていきます。

のんびりとしたハチの羽音《はおと》も、きこえてきます。

さっきの竜巻《たつまき》が、うそのようでした。

「ほい、できましたぞ。めしあがれ」

できあがったドクダミ茶《ちゃ》を、ぬしどんがトクトクと、カップについでくれました。

「いただきます」

かりんはひと口、お茶を飲《の》みました。

ドクダミのかおりが、ほのかに口の中に広《ひろ》がります。

「おいしい！」

「ケケクッ。あやめさんも、おかあさんが作《つく》ってくれたのと、おなじ味《あじ》だと、よろこんでいましたわい」

「へえ、おかあさんのと？」

あやめさんのおかあさん、ということは、かりんの、ひいおばあさんになります。

「ほい。あやめさんは、子どものころ、とってもからだが弱《よわ》かったそうでしての」

「あ、それ、ぼくもきいたことがある」

カップから、顔《かお》を上げたキジオがいいました。

「学校を休んで、長《なが》く入院《にゅういん》したこともあったらしいよ。そんなとき、あやめさんは、じぶんだけのひみつの野原《のはら》があったら、って、想像《そうぞう》していたんだって。そこで、動物《どうぶつ》たちと楽《たの》しくあそぶじぶんを思《おも》いうかべていると、病気《びょうき》の不安《ふあん》やさびしさを、わすれられたって」

かりんが病院《びょういん》をたずねた日も、あやめさんは、ざぶとんをしいた車いすにすわり、おだやかな顔で、まどの外《そと》をながめていました。

あのときも、野原を思っていたのでしょうか。

「ひみつの野原は、あやめさんの子どものころからの、夢《ゆめ》の場所《ばしょ》だったんだ……」

かりんは、野原を見つめてつぶやきました。

「あやめさんが野原を思いつづけた、長い長い時間《じかん》がつみかさなって、庭《にわ》の草花や、月の力がつながって、ひみつの野原がうまれたんだね」

「ほんとだね……」

キジオのことばに、かりんはうなずきました。

風《かぜ》がすこしだけ、ひんやりしてきました。

「さて、わがはいは、そろそろ……」

ぬしどんに合《あ》わせて、キジオも立ち上がりました。

「じゃ、ぼくらも帰《かえ》ろうか！　かりん、帰りのじゅ文《もん》をとなえるからね。よくきいてて」

「うん、わかった」

かりんはしんけんな顔《かお》で、キジオをひざにのせました。

「では……。帰りのじゅ文はこうだよ。

のはら　ののはな　ののはっぱ
のはら　ののつち　ののひかり
のはら　あつまれ　むねのなか

どう？　おぼえられる？」
「ちょっと待《ま》って……」
かりんは小声《こごえ》で、じゅ文を
なんどかくりかえすと、
力強《ちからづよ》くこたえました。
「いいよ、もうだいじょうぶ！」
「よーし、いっしょにとなえるよ。せーの！」
ドクダミのかおりのする風を、
むねいっぱいに吸《す》いこむと、かりんは目をとじて、
キジオと、じゅ文をとなえはじめました。

5 ネムの葉《は》のねがいごと

しっとりとした風《かぜ》とともに、あまずっぱいかおりがしてきました。

のはら　ひろがれ　そらのした……

かりんはじゅ文《もん》をとなえるのをやめて、ゆっくりと目をあけました。

ひと月ぶりにきた、ひみつの野原《のはら》です。

「すごーい、きれい……」

かりんとキジオをとりかこむように、ネムノキがはえていました。

フワフワのピンク色《いろ》の花を、こぼれんばかりに咲《さ》かせています。

あまずっぱいかおりのもとは、ネムの花でした。

「うん、ことしもよく咲いてるね」

キジオはかりんのひざからとびおりると、草をふんで、あるき出しました。ところどころで、ランプがほんのり光《ひか》っています。

夕ぐれの空に、満月《まんげつ》がのぼっていました。

かりんは、うっとりとけしきをながめながら、キジオのあとをあるいて行きました。

キジオは、一番《いちばん》大きなネムノキの前《まえ》までくると、枝《えだ》を見上げてさけびました。

「おーい！　フジー、クリー、いるー？」

「ポポポッ、キジオさん、おひさしぶりー」

おりてきたのは、一羽《わ》のキジバトでした。

頭《あたま》やくびのうしろが、うすいふじ色《いろ》をしていておしゃれです。

スズメも一羽《わ》、おりてきました。

「チュクチュク、待《ま》ってたよ！　はじめまして、クリです。チュクッ」

かりんは、うれしさに声《こえ》をはずませました。

「はじめまして！　よろしくねー」

キジバトも一ぽ、前にあゆみ出ていいました。

「わたくし、フジといいます。かりんさん、ネムのお花見会《はなみかい》にようこそ！　グルッポポ」

「ネムのお花見会？」

「ええ。ネムノキたちも、かんげいしていますわ」

フジが見上げたしゅんかんでした。

野原《のはら》じゅうのネムの花が、火をともしたように、いっせいに、ぽおっとかがやき出したのです！

「わあ……」

夕空のすみれ色《いろ》に、ネムのともし火《び》のピンク色が、あわくにじんで、見とれるほどの美《うつく》しさでした。

あまずっぱいかおりも、いっそう強《つよ》くなったようです。

立ちつくすかりんに、フジが声《こえ》をかけました。

「さあ、ここにおすわりくださいな。グルッ」

ふりむくと、一本のネムノキの下に、若草色《わかくさいろ》のしきものが、広《ひろ》げてありました。

キイチゴにブルーベリー、サクランボなどの、木《き》の実《み》をもりつけた、葉《は》っぱのお皿《さら》ものっています。

「わあ、おいしそう！」

かりんがすわると、フジが、みんなを見まわしていいました。

「クルル。では、お花見会《はなみかい》をはじめましょう！」

「はーい！」

かりんはさっそくサクランボをひとつ手にとって、口にいれました。

「うーん、あまくておいしい」

いつもはキャットフードしか食《た》べないキジオも、口のまわりをむらさき色《いろ》にして、ブルーベリーをほおばっています。

空の下のほうが、あかね色にそまりはじめていました。

かがやきをましていく、ネムのともし火《び》を見ながら、フジがいいました。

「わたくしは、ヒナのころに、巣《す》から落《お》ちたのを、あやめさんにたすけてもらったんですの。ポポッ」

「ぼくは大雪《おおゆき》の日に、弱《よわ》っていたところをすくわれたんだよ」

と、クリ。

「そんなことがあったんだね……」

どんな生《い》き物《もの》にも、やさしかったあやめさんを思《おも》い出して、かりんは、むねがいっぱいになりました。

「そうだ。フジとクリの絵《え》を描《か》いてあげる！」

かりんはリュックから、スケッチブックと色えんぴつを出して、絵を描きはじめました。

「チュクッ、わっ、じょうずだねー！　あやめさんがいっていたとおりだ」

スケッチブックをのぞいたクリが、目をパチパチさせました。

「えっ？」

「かりんちゃんは、絵を描くのが大好《だいす》きだし、とてもじょうずだって！」

「そう……。あやめさんが……」

かりんは、手にしていたすみれ色《いろ》の色えんぴつに、目をやりました。

三十六色《しょく》の色えんぴつを、かりんのたんじょう日に、あやめさんがプレゼントしてくれました。

「かりんの絵《え》が大好《だいす》きだよ。これからもたくさん描《か》いてね。おうえんしているからね！」

そのときのあやめさんのことばは、ずっと、かりんのむねにきざまれています。

「かりんが、また絵を描きはじめて、よかったよ」

キジオが、ほっとしたようにいいました。

「うん……ありがとう」

あやめさんがいなくなってからしばらく、かりんは、絵を描く気持《きも》ちになれませんでした。

「ひみつの野原《のはら》のおかげかな……」

かりんは、ぐるりと野原を見わたしました。

「こんなにふしぎで、きれいなところなんだもの。描かなきゃね！」

「そうそう！　そうでなくっちゃ」

そういうとキジオは、キイチゴの実《み》をパクッと食《た》べました。


空ぜんたいが、あかね色に、そまったころでした。

〝パサリン、パサラン、パサリン、パサリ〟

どこからかきこえてくるここちよい音に、かりんはスケッチブックから顔を上げました。

「これなんの音？」

キョロキョロするかりんに、フジがこたえました。

「ネムの葉《は》がねむる音ですわ。ほら、ごらんなさい。クルルッ」

かりんがネムノキを見上げると、葉っぱが、まるで手帳《てちょう》をとじるように〝パサリ〟と、合《あ》わさったところでした。

「わあー、おもしろい！」

かりんはおもわず、立ち上がっていました。

「ポポッ。ネムの葉は、夜《よる》になると、こうしてねむるのです。このときに、ねがいごとをするといいですよ」

「ねがいごと？」

「たとえば、『あした天気になあれ』とか、『ともだちと仲直《なかなお》りできますように』とか。そうすると、ねがいをにぎりしめたネムの葉が、朝《あさ》になってひらくときに、ねがいを光《ひかり》の中へときはなち、天にとどけてくれるんですって。あやめさんも、よくねがいごとをしていましたよ」

「あやめさんが？」

かりんはまたひとつ、あやめさんの「ひみつ」を知《し》ることができて、
うれしくなりました。

かりんは深《ふか》く息《いき》をすうと、そっとつぶやきました。

「また、ここに、こられますように……」

どこかで〝パサリン〟と、葉《は》っぱのとじた音がしました。

葉っぱがとじるのに合《あ》わせて、
ネムのともし火《び》も、ひとつ、またひとつと、きえて行きます。

「それでは、くらくなってきましたので、わたくしたちは、おいとましなくては……」

フジがざんねんそうにいい、クリがチョンチョンと、かりんの前《まえ》に進《すす》み出ました。

「かりんちゃん、きてくれてありがとう。きょうはとっても楽《たの》しかったよ。チュクッ」

「わたしも！」

かりんもうなずきました。

「それではお元気《げんき》で。グルッグー」

「ぼくたちのこと、わすれないでね。チュクチュクッ！」

フジとクリはあかね色《いろ》の空の中へ、飛《と》び去《さ》って行きました。


「さーて、ぼくたちも、もどろうか？」

「そうだね……」

かりんはなごりおしそうに、ネムノキを見上げました。

「じゃあ、いい？　じゅ文《もん》をいうよ！」

「うん……」

「せーの！」

のはら　ののはな　ののはっぱ
のはら　ののつち　ののひかり
のはら　あつまれ　むねのなか
のはら　ののはな　ののはっぱ
のはら　ののつち　ののひかり
のはら　あつまれ　むねのなか……

カレーのにおいに目をあけると、かりんの部屋《へや》の中でした。

「あやめさんの庭《にわ》のネムノキも、いまごろ満開《まんかい》かな？」

見ると、キジオはもう、ベッドの上で丸《まる》くなっていました。

背中《せなか》をゆするとかた目をあけて、めんどうくさそうに、「ナァーン」

と鳴《な》いただけでした。

6 思《おも》い出《で》の庭《にわ》

八月最初《さいしょ》の、日曜《にちよう》の夜《よる》のことでした。

明《あ》かりをけした部屋《へや》で、かりんは、じぶんの右手を、まじまじとながめていました。

「おかしいなー。あしたは満月《まんげつ》なのに、まだちっとも光《ひか》らないよ。どうして？」

ざぶとんの上で、毛《け》づくろいをしているキジオに、目をやりました。いつもなら、満月になる何日《なんにち》か前《まえ》から、夜になると、右の手のひらが、ぼんやりと光りはじめていたのです。

キジオは舌《した》を出したまま、しばらく考《かんが》えてからいいました。

「野原《のはら》へ行く力が、弱《よわ》まってきたのかもしれないな……。あそこは、あやめさんの思いがあってこその、場所《ばしょ》だからね」

「そんなー」

かりんのスケッチブックは、いままでは野原で見たけしきや、動物《どうぶつ》たちの絵《え》でうまっていました。

描《か》くほどに、また、野原に行きたくて、たまらなくなりました。

「どうしたらいいの？」

「ぼくにだって、わからないよ。でも、それが自然《しぜん》なことなら、しかたないんじゃない」

「えーっ、なにそれ？　もうちょっと、いっしょに考えてくれてもいいのにー」

かりんは口をとがらせました。

「そんなこと、いわれてもねえ」

キジオは、さっさと、ざぶとんから立ち上がると、いすの上にとびのってしまいました。

こうなったらもう、人のことばは話《はな》せません。

「ずるーい、もうっ、キジオなんか知《し》らないっ！」

ほっぺたをふくらませたかりんは、キジオに背中《せなか》をむけました。

つぎの日の朝《あさ》、両親《りょうしん》が仕事《しごと》に

出ると、かりんはじぶんの部屋《へや》にかけこみました。

「キジオ、おきて！　出かけるよっ」

〝ニャルルッ〟

ベッドの上で、お腹《なか》を見せてねていたキジオは、びっくりして、ころげ落《お》ちそうになりました。

〝ナオーン！　ニャニャッ〟

もんくをいうキジオをだき上げると、かりんは、猫用《ねこよう》のキャリーバッグにすわらせました。

バッグの底《そこ》には、あやめさんのざぶとんカバーがしいてあります。

「なんだよー、いきなり。しんぞうに悪《わる》いじゃないか。出かけるって、どこに？」

かりんはリュックに、スケッチブックや、タオルをいれながらこたえました。

「あやめさんの家《うち》に、きまってるじゃない。キジオもひさしぶりに、帰《かえ》ってみたいでしょ？」

「えっ、あやめさんちに？」

キジオのひげが広《ひろ》がりました。

かりんは背《せ》おったリュックを、ぽんっと、たたいてみせました。

「ちゃーんと、キジオの朝《あさ》ごはんもいれたから、安心《あんしん》して」

「あやめさんの家に行って、どうするのさ？」

「ひみつの野原《のはら》は、あやめさんの庭《にわ》と、つながっているんでしょ？だからそこに行けば、野原に近《ちか》づけそうな気がするの」

「でも、ひとりで行ってだいじょうぶ？」

「だいじょうぶ！　さあ、出発《しゅっぱつ》するよ。ふたをしめるから、はやくすわってよ」

かりんはぼうしをかぶると、キジオがはいったバッグを肩《かた》にかけました。

「うわー、キジオ、おもいよー」

「しつれいな！　だったら、じぶんであるくよ」

「だめだめ、あぶないから。それに、人がいるところでしゃべっちゃだめだからね」

「わかってるって」

「じゃあ、行くよ！」

あやめさんの家までは、おとなの足でも、あるいて三十分《ぷん》ぐらいかかります。

たいてい、お母《かあ》さんが運転《うんてん》する車で行っていたので、あるいて行くのははじめてです。

かりんはきんちょうした顔《かお》つきで、部屋《へや》を出て行きました。

車道《しゃどう》からそれて、ほそい路地《ろじ》にはいったとたん、キジオが、バッグから出たがりました。

「おろして！　ここからは、ぼくもあるきたい」

〝ミャッ！〟

バッグからとび出たキジオは、しっぽをピンと上げ、はずむようにあるいていきます。

あやめさんが亡《な》くなってから、ここにくるのははじめてでした。

ほんの数《すう》か月《げつ》、こなかっただけなのに、ずいぶん、ひさしぶりの気がします。

「わあ、この道《みち》、この道、なつかしい」

〝ウニャ、ウニャ、ウニャッ〟

キジオもかりんも、いつしか小走《こばし》りになっていました。

あやめさんの家《いえ》は、もうすぐそこです。かりんはむねがドキドキしてきました。

そのときです。前《まえ》を走《はし》っていたキジオが、きゅうに立《た》ち止《ど》まったかと思《おも》うと、しっぽがダランとたれ下がりました。

「あっ……」

追《お》いついたかりんも、そのまま息《いき》を飲《の》んで、立ちつくしてしまいました。

ふたりの前には、すっかり変《か》わってしまった、あやめさんの庭《にわ》がありました。

カギがかかった門《もん》の中は、みっしりと、草がおいしげっています。

玄関《げんかん》につづくじゃり道も、草におおわれていました。

あやめさんがいたころとは、まるでべつの庭のようでした。

キジオはかりんを見上げて、〝ニャッ〟とひと声鳴《こえな》くと、門の鉄《てつ》ごうしをすりぬけ、庭へはいって行きました。

「待《ま》って、わたしも！」

ダイヤル式《しき》のカギをあけて、かりんは庭へ足をふみ入れました。

草は、かりんのむねのあたりまでのびていました。

ヒメジョオンやイヌビエ、まだ穂《ほ》の青いススキもあります。

かりんの頭《あたま》よりずっと上のほうで、カンナが真《ま》っ赤《か》な花を咲《さ》かせていました。

キジオは庭を見わたせるぬれ縁《えん》に、ちんまりとすわっていました。

かりんは、キャリーバッグからざぶとんカバーを取《と》り出して、キジオにしいてやりました。

「はあ……、こんなになっちゃったんだね」

キジオがため息《いき》まじりにいいました。

「だねー」

となりにすわったかりんも、力なくうなずきました。

庭《にわ》は、すっかり変《か》わっていました。

いまごろは、庭のあちらこちらに咲《さ》いているはずの、ネジバナやムラサキカタバミの花は、たけの高《たか》い草に、かくれてしまっています。

ツユクサやマツヨイグサも、のびほうだい。

アジサイは茶色《ちゃいろ》に枯《か》れた花を、風《かぜ》にゆらしていました。

庭のところどころに立てられたランプも、たおれてしまっています。

雨戸《あまど》がきっちり閉《し》められた家《いえ》のかべにには、ツタが、はいのぼってい
ました。

あやめさんがいなくなった家は、
とてもよそよそしく見えました。

〝ナァーン、ナァーン〟

いつのまにかキジオが、鳴《な》きながら
庭《にわ》をあるきまわっていました。

その鳴き声《ごえ》は、「あやめさーん、
あやめさーん」と、かりんにはきこえました。

ぼんやりと庭を見ていたかりんのもとに、
キジオがもどってきました。そして、ざぶとん

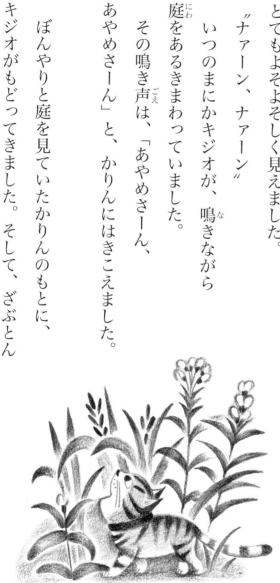

カバーに飛《と》びのると、かりんのうでに頭《あたま》をぶつけてきました。

「かりん。ほら、見てごらんよ」

キジオが見上げた夏《なつ》の空には、入道雲《にゅうどうぐも》のとなりに、白い満月《まんげつ》がありました。

「満月も出ていることだしさ。野原《のはら》に行けるか、ためしてみようよ」

「うん……、そうだね」

かりんは、光《ひか》らなくなった右手を見ました。

「でも、ひみつの野原とつながる力も、なくなっていたらどうしよう」

不安《ふあん》そうなかりんに、キジオが、きっぱりといいました。

「やってみないとわからないだろう？　かりんが強《つよ》く思《おも》うことがだいじだよ」

「わかった……。うん、やってみる！」

かりんはキジオをかかえて、ざぶとんカバーにのりました。
そして、深《ふか》く息《いき》をすうと、目をとじて、
じゅ文《もん》をとなえはじめました。

ののはら　ののはな　ののはっぱ
ののはら　ののかぜ　ののかおり
ののはら　ひろがれ　そらのした

キジオもすぐに声《こえ》をかさねます。

ののはら　ののはな　ののはっぱ
ののはら　ののかぜ　ののかおり
ののはら　ひろがれ　そらのした

かりんは、これまで行ったひみつの野原《のはら》のことを、いくつも思《おも》いうかべました。
ニワゼキショウやタンポポが咲《さ》く野原で、チッチと銀色《ぎんいろ》のキイチゴをさがした夜《よる》。
ぬしどんのドクダミ茶《ちゃ》を飲《の》んだこと。フジやクリと見とれた、ネムのともし火《び》……。
風《かぜ》の音や花のかおりもよみがえります。

のはら　ののはな　ののはっぱ
のはら　ののかぜ　ののひかり
のはら　ひろがれ　そらのした

ようやく、おしりの下がムズムズしてきました！

かりんの声《こえ》にも、力がこもります。

のはら　ののはな　ののはっぱ

のはら　ののかぜ　のの……

「かりんさん、ようこそ！」

ふいに名前《なまえ》をよばれて、かりんは目をあけました。

7 ヤマボウシのかざぐるま

そこはクローバーの野原《のはら》でした。

まるいクローバーの花が、風《かぜ》にうなずくように、ゆれています。

黄色《きいろ》いチョウが花のあいだを、かろやかに飛《と》びかっていました。

「かりんさん、ここ。ここですよ」

ヤマボウシの木のかげから、真《ま》っ白《しろ》なウサギが顔《かお》を出していました。

ふしぎなことに、いまごろは、花が終《お》わっているはずのヤマボウシが、白い花を、たわわにつけています。

ヤマボウシの花と、ウサギの白が、おそろいのようです。

ウサギはクローバーの中を、ピョコピョコと、こちらへはねてきました。

「キジオさんも、おひさしぶりですね。こんにちは」

「マ、マユキさん、おひさしぶりです」

かしこまってあいさつするキジオを見て、かりんはおもわず、吹《ふ》き出しました。

「なに、キジオ。なんだかいつもとちがうね」

キジオはあせってこたえました。

「マユキさんは、ぼくの大せんぱいだからね。きんちょうするのは、あたりまえだろ！」

「大せんぱい？　じゃあ、チッチみたいに、あやめさんと、いっしょにくらしていたの？」

「はい、そうですよ」

マユキがこたえました。

「かりんさんとも、お会《あ》いしたことがあるんですよ」

「えーっ、わたしと？」

かりんは目を見はりました。

「かりんさんは赤ちゃんでしたから、おぼえていないでしょうね。でも、わたしはあなたのことを、しっかりおぼえていますよ」

マユキはぶどう色《いろ》のひとみで、しずかに野原《のはら》を見わたしました。

「あなたたちの世界《せかい》に、別《わか》れをつげてからも、あやめさんが、わたしのことをずっと、わすれずにいてくれましたから、わたしはここで、生きてこられました。この野原にいるものたちは、みんなそうなのですよ」

「ということは、チッチも、ぬしどんも、フジも、クリも？」

キジオはだまって、うなずきました。

かりんは野原で出会った動物《どうぶつ》たちのことを、思《おも》いうかべました。

チッチもぬしどんも、フジ、クリも、みんないきいきとしていました。いま目の前《まえ》にいるマユキも、とてもしあわせそうです。

「あやめさんが、だいじに思っていたからなんだね」

「ええええ、そうですとも」

かりんのことばに、うれしそうにうなずいたマユキが、

「あっ、そうでした！」

きゅうに、耳をピンと立てました。

「かりんさんに、あやめさんからの伝言《でんごん》が、あったのでした！」

「わあ、なあに？」

かりんはわくわくして、マユキに顔《かお》をよせました。

マユキは、ヤマボウシの木に目をむけました。

「あやめさんの庭《にわ》に、ヤマボウシ、ありますよね？　そのすぐそばに、まだ若《わか》いヤマボウシがはえています。それを持《も》ち帰《かえ》って、かりんさんに、育《そだ》ててほしいそうです」

「あーっ、それなら、ぼくも知《し》ってる！」

キジオがとくいげに、ひげを広《ひろ》げました。

「ある場所《ばしょ》もわかるから、教《おし》えてあげる」

「うん。キジオ、よろしくね。マユキさん、若いヤマボウシ、かならず育てるからね！」

「ありがとうございます。ちゃんと伝《つた》えられて、よかったです」

マユキは、ホッとしたように、鼻《はな》をうごかしました。そして、うしろ足で立ち上がると、かりんに、クローバーの葉《は》っぱをさしだしました。

「これは、わたしからのプレゼントです」

「わあ、四《よ》つ葉《ば》だー。ありがとう！」

「きっと、かりんさんがくるだろうと、見つけておきました」

「だいじにするね。あっ、だけど……」

受《う》け取《と》ったかりんの顔《かお》が、くもりました。

前《まえ》に、チッチと見つけた銀色《ぎんいろ》のキイチゴが、きえてしまったことを思《おも》い出したからです。

「もどったら、きえているかも……」

「たぶん、そうなるでしょう。でも、だいじょうぶですよ。きえてしまっても、きえませんから」

「えっ、きえてもきえない？」

「ええ。たとえ目の前からきえてしまっても、ちゃーんと、心《こころ》の中に

は、のこるんですから」

マユキは、そろえた前足を、そっと、じぶんのむねにあてました。

「心の中に……。うん……、そうだね！」

かりんはうなずくと、リュックから出したスケッチブックのあいだに、たいせつに、四つ葉をはさみました。

さらりとした風《かぜ》が、野原《のはら》をくすぐるように、吹《ふ》いていきます。

かりんは、クローバーの花でかんむりを作《つく》って、マユキにプレゼントしました。

「すてき！　かりんさん、ありがとう」

「四つ葉のお礼《れい》だよ。そうだっ、マユキさんの絵《え》を描《か》くね！」

かりんが、スケッチブックを手にしたときでした。

〝サラサラ、シャラララ、サラサラサラ〟

とつぜん軽《かろ》やかな音が、きこえてきました。

「あれ？」

音のするほうを見たかりんは、目を見はりました。

ヤマボウシの白い花が、かざぐるまのように、クルクルとまわっていました。

かりんはヤマボウシに、かけよりました。

〝シャラシャラ、サラサラサラサラ……〟

風《かぜ》が吹《ふ》くたびに、花がいっせいにまわります。

「なんだか目がまわりそう……」

「なにこれ？」

キジオも、目を丸《まる》くして見ています。

おどろくかりんたちのよこで、マユキはだまったまま、まわる花を

見つめていました。

すこしずつ風《かぜ》が強《つよ》くなっていきます。

ヤマボウシの花も、ますますいきおいよく、まわりはじめました。

すると、花びらの先《さき》から、もやもやとした、白いけむりのようなものが、わき出てきたではありませんか！

「ひゃっ！」

あとずさるかりんに、マユキがようやく、口をひらきました。

「にげなくても、だいじょうぶですよ。これは霧《きり》ですから」

「えっ、霧？」

ヤマボウシの花から出てきたものは、ひんやりとした白い霧でした。

霧は風に運《はこ》ばれて、野原《のはら》に広《ひろ》がっていきます。

〝サラサラサラ、シャラシャラ、サラララ〟

野原は綿《わた》のふとんをかぶせたように、白い霧に、おおわれていきました。

クローバーの花も、黄色《きいろ》いチョウも、霧の中にかくれていきます。

かりんの足もとも、もう霧の下でした。

むねまで霧につかったキジオを、かりんはいそいでだき上げました。

やがて、野原はすっかり霧におおわれ、マユキのすがたも、うっすらとしか見えなくなりました。

「そろそろお別《わか》れですね」

マユキが、かりんたちを見上げて、いいました。

「どうかわたしのことも、野原のことも、わすれないでくださいね」

「もちろん、わすれるわけないよ。でも、もっといっしょに遊《あそ》びたかったね……」

「わたしもです。でも、ざんねんながら、もう時間《じかん》がありません」

マユキは、かりんにもらった花のかんむりを、そっと持《も》ち上げました。

「これ、だいじにしますね」

深《ふか》くなっていく霧《きり》が、かりんをキジオを、マユキをつつんでいきます。

マユキの白いからだは、もうほとんど、霧にとけこんでいました。

「さようなら、かりんさん、キジオさん」

霧のむこうから、マユキの声《こえ》だけがしました。

「さようなら、きっとまたね！」

もう目の前《まえ》も真《ま》っ白《しろ》で、なにも見えませんでした。

感《かん》じるのは、うでにだいた、キジオのぬくもりだけです。

かりんは目をとじてしゃがむと、キジオの背中《せなか》に、強《つよ》くほおを、おしつけました。

8 野原《のはら》のやくそく

セミの声《こえ》に目をあけると、かりんは、キジオとスケッチブックをだいて、あやめさんの家《いえ》の、ぬれ縁《えん》にすわっていました。

目の前《まえ》には、あいかわらず、草ぼうぼうの庭《にわ》があります。

「はあ……。もどってきたんだね。じゅ文《もん》もとなえていないのに……」

かりんは力なく、ため息《いき》をつきました。

スケッチブックにはさんだはずの、四《よ》つ葉《ば》のクローバーは、やっぱりきえていました。

「キジオ、ひみつの野原は、どうなったの？」

かりんの問《と》いかけに、

「ぼくにもわからないや……」

キジオはプルプルっと頭《あたま》をふると、かりんのうでを、鼻《はな》でつつきました。

「ねえ、それよりぼくのごはん、出してよ」

かりんはまゆを上げました。

「は？　こんなときに、ごはん？」

「なにいってるの。ごはんはだいじなことだろ？　ぼく、朝《あさ》ごはんをまだもらってないから。お腹《なか》へったよ！　はやくちょうだい」

「はいはい、わかりましたよ」

かりんはリュックから、お皿《さら》とキャットフードを出して、キジオの前においてやりました。

「いっただっきまーす！」

お皿《さら》にもられたフードを、キジオはさっそく食《た》べはじめました。

フードをかむカリカリという音と、セミの声《こえ》がかさなります。

かりんは、庭《にわ》のヤマボウシに目をやりました。

ひみつの野原《のはら》のヤマボウシは、花を咲《さ》かせていましたが、こちらの木は、もう緑《みどり》の実《み》をつけています。

「あの木のそばに、若《わか》いヤマボウシがあるんだよね？」

「ん……そうだよ」

キャットフードを食べながら、キジオがこたえました。

「でも、どうして、その木だけなのかな？」

かりんはくびをかしげました。

あやめさんは庭にある花や木を、どれもおなじくらい、だいじにしていると思《おも》っていました。

「あやめさんには、ヤマボウシはとくべつな木だったの？」

「そりゃそうさ、ん、だって……」

キジオは、フードのさいごのひとつぶを、飲《の》みこんでからいいました。

「ヤマボウシは、マユキさんの木だもの」

「マユキさんの木？」

「うん。あの木の下には、マユキさんがねむっているから」

「え……」

かりんは息《いき》を飲みました。

こぼれんばかりに咲《さ》いていた、野原《のはら》のヤマボウシの花と、マユキの白いすがたがかさなります。

「そうか……。ヤマボウシは、マユキさんにぴったりの木だものね」

かりんはぽつりと、つぶやきました。

「うん、ぼくもそう思《おも》う」

「それじゃあ、やくそくをちゃんと、守《まも》らなくっちゃね！」

かりんはいきおいをつけて立ち上がると、ぬれ縁《えん》の下の木箱《きばこ》から、あやめさんが、いつもつかっていたシャベルを、取《と》り出しました。

「キジオ、若《わか》いヤマボウシのある場所《ばしょ》を、教《おし》えて」

「りょうかい！」

キジオはぬれ縁から、ひらりととびおりました。


かりんは門《もん》を出る前《まえ》に、もういちど、庭《にわ》をふりかえりました。

背《せ》おったリュックの頭《あたま》から、ヤマボウシの若木《わかぎ》がのぞいています。

かたむいた日ざしが、草の影《かげ》を、ななめにのばしていました。

かりんはゆっくりと、庭を見わたしました。

「キジオ、わたしね……。これからもどんどん、ここにこようと思《おも》うんだ。ここがあるあいだは、わたしがこの庭《にわ》を守《まも》りたいの。草むしりもするし、花も育《そだ》てるよ」

「うん、それ、いい考《かんが》えだね」

キジオが、かりんを見上げていいました。

「わたし、あやめさんのこと、ぜったいわすれないもん。もちろん、野原《のはら》の動物《どうぶつ》たちのこともだよ。たくさん思い出して、たくさん絵《え》も描《か》きたい。そうすれば、これからもみんな、わたしの中で、ずっと生きていてくれるよね？」

『きえてしまっても、きえませんから……』

マユキの声《こえ》が、かりんの耳によみがえります。

「そうだね……」

うなずいたキジオに、かりんはつづけてたずねました。

「ねえ、また、ひみつの野原《のはら》に行けるよね？」

キジオはすこしだけ考《かんが》えてから、こたえました。

「うん……。だって、かりん、ネムの葉《は》っぱに、ねがいごとをしたじゃないか」

「あっ、そうだったね！」

かりんは声《こえ》をはずませて、庭《にわ》のネムノキを見上げました。

いまはまだ、日の光《ひかり》をあびて、ネムの葉っぱは、ひらいています。

でも、

〝パサリン〟

と、音がした気がしました。

作者●島村木綿子（しまむらゆうこ）
熊本県生まれ。1998年、童話「うさぎのラジオ」で毎日新聞小さな童話大賞。2002年、詩集『森のたまご』（銀の鈴社）で三越左千夫少年詩賞。主な作品に『七草小屋のふしぎなわすれもの』（第53回青少年読書感想文全国コンクール課題図書）『七草小屋のふしぎな写真集』『うさぎのラジオ』（以上国土社）『たいくつなトラ』（福音館書店）などがある。日本児童文学者協会会員。

画家●かんべあやこ
新潟県生まれ。グラフィックデザイナー、イラストレーターを経て、2010年『モリくんのおいもカー』で絵本作家デビュー。その他の作品に『モリくんのりんごカー』『モリくんのすいかカー』『モリくんのハロウィンカー』（以上くもん出版）『ミミちゃんのおたんじょうびケーキ』（PHP研究所）『開運えほん』（あかね書房）など、装画挿絵に『拝啓、お母さん』（フレーベル館）がある。日本児童出版美術家連盟会員。

あやめさんのひみつの野原　　NDC913　118p

作　者＊島村木綿子　画家＊かんべあやこ
発　行＊2018年11月15日　初版1刷発行
発行所＊株式会社　国土社　〒101-0062　東京都千代田区神田駿河台2-5
電話 03-6272-6125　FAX03-6272-6126
URL=http://www.kokudosha.co.jp
印　刷＊モリモト印刷株式会社　製　本＊株式会社難波製本

ISBN978-4-337-33636-0